KB051423

자전거를 타고 가다가

자전거를 타고 가다가 · 나태주 신작 시집

초판 1쇄 발행 2014년 6월 27일
초판 3쇄 발행 2021년 5월 17일

지은이 나태주

펴낸이 김선기
펴낸곳 (주)푸른길
출판등록 1996년 4월 12일 제16-1292호
주소 (152-847) 서울시 구로구 디지털로 33길 48 대륭포스트타워 7차 1008호
전화 02-523-2907, 6942-9570-2
팩스 02-523-2951
이메일 purungilbook@naver.com
홈페이지 www.purungil.co.kr

ISBN 978-89-6291-258-6 (03810)

*이 도서의 국립중앙도서관 출판예정도서목록(CIP)은 서지정보유통지원시스템 홈페이지(http://seoji.nl.go.kr)와 국가자료공동목록시스템(http://www.nl.go.kr/kolisnet)에서 이용하실 수 있습니다.(CIP제어번호: CIP2014018241)

자전거를 타고 가다가

나태주 신작 시집

푸른길

세상을 두 번 산 것 같습니다

요즘 나의 시를 두고 지나치게 단순하다고 말하는 사람이 있을 수 있습니다. 초기 시가 더 좋았다고 말하기도 합니다. 그러나 나는 그렇게 생각하지 않습니다. 그때는 그때이고 지금은 지금입니다. 마땅히 젊은 시절엔 젊은 시절의 숨결이 있을 수 있겠고 나이 든 지금엔 또 다른 정서가 있고 거기에 따른 표현이 있을 수 있겠습니다.

무엇보다도 시는 삶의 정직한 표현입니다. 그때그때의 삶에 충실해야 합니다. 젊은 시절엔 나에게도 나름대로 헝그리와 앵그리가 있었을 것입니다. 그러나 지금은 아닙니다. 일부러라도 그것들을 내려놓아야 합니다. 대신에 맑고 가벼운 생각을 많이 가져야 하고 시 또한 그래야 마땅합니다. 인생에 대한 불만을 감사와 만족으로 바꾸어야 합니다.

세상이 진화하고 인생이 진화하듯 시도 진화해야 합니다. 여기서 진화란 말은 적극적인 변화를 가리킵니다. 그러합니다. 우리네 인생과 시는 적극적으로 변화해야 합니다. 변화하는 것만이 살아남는 자이고 또 아름다운 자입니다. 그런 의미에서 나의 시와 나의 인생은 두 번 세상을 산 것 같습니다.

나는 나의 시를 두고 예나 지금이나 정직하기를 주문합니다. 그런 의미에서 나의 시는 생활시이고 내 삶과 개인을 위한 시입니다. 어쨌든 나의 시는 오늘에 이르러 세상에 대한 감사와 찬탄 그리고 인생에 대한 끝없는 긍정으로 바뀌었습니다. 그래서 다시 한 번 세상에 감사하고 나의 시에 감사하고 나의 인생에 감사하는 마음입니다.

2014년 새봄에, 나태주

차례

4_ 책머리에

•1부

12_ 꽃신
13_ 악수
14_ 딸기와 파도
15_ 우리들 마음
16_ 부자
17_ 새사람
18_ 그 댁
19_ 4월
20_ 그래도 4월
21_ 문득
22_ 새해 아침
23_ 아틀리에
24_ 좋은 날
25_ 미완의 이별 • 1
26_ 미완의 이별 • 2
27_ 미완의 이별 • 3
28_ 자전거를 타고 가다가 • 1
29_ 자전거를 타고 가다가 • 2

30_ 충분한 하루
31_ 경배
32_ 빛나는 순간
33_ 일상의 발견
34_ 범사
35_ 숲에 들다
36_ 나무, 오래된 친구
38_ 9월의 시
40_ 행복론

• 2부

44_ 자서전

45_ 시집

46_ C

47_ 가을이 왔다

48_ 밤길

49_ 늙은 시인

50_ 오후

51_ 노인

52_ 봄밤

53_ 전화

54_ 심장

55_ 아침잠

56_ 베어지다

58_ 담소

60_ 정선 길

61_ 족도리꽃

62_ 마티재

63_ 모란꽃 지네

64_ 평나리 – 김동현 시인이 보고 싶은 날

66_ 대정마을

67_ 창벽에서 보다

68_ 때로는 계룡산

69_ 금강산 가다

70_ 신간 시집

71_ 쓸쓸한 봄

72_ 솔체꽃

73_ 술패랭이

74_ 자목련

• 3부

76_ 귓속말 • 1

77_ 귓속말 • 2

78_ 태안 가는 길

79_ 외면

80_ 응답

81_ 다시 제비꽃

82_ 꽃잎

83_ 어린 사랑

84_ 옛 접시

85_ 언년

86_ 이슬

88_ 화리에게

90_ 오리 눈뜨다

91_ 꽃

92_ 가을도 저물 무렵

93_ 수수꽃다리

94_ 후회

95_ 영산홍

96_ 매니큐어

98_ 그냥 약속

99_ 믿어야 한다

100_ 입술

101_ 두고 온 사랑

102_ 별

104_ 사막 무지개

• 4부

106_ 개밥별

107_ 마음을 얻다

108_ 난파 • 1 - 팽목항

110_ 난파 • 2 - 아내

111_ 개꿈

112_ 다섯의 세상

113_ 어떤 이별

114_ 어진이와 민들레

115_ 뒷지

116_ 식구

117_ 콩콩

118_ 새해의 소원

120_ 하늘의 선물

121_ 활^짝

122_ 엄마의 예절

124_ 삐딱한 집

125_ 아버지

126_ 독배

128_ 어버이날

129_ 잠시

130_ 맑은 날

131_ 흥분

132_ 석탄일

133_ 민들레 홀씨처럼

134_ 4대

135_ 봄꿈

136_ 무서운 봄
　　　－ 팽목항 세월호 참사를 슬퍼함

138_ 축혼시

140_ 함부로 주지 말아라

142_ 인생을 묻는 소년에게

산문 • 1

144_ 시는 어떤 글인가
　　　－ 생존, 발견, 영성

산문 • 2

148_ 위기지학으로서의 시

편집 후기

152_ 어딘가를 찾아가는
　　　사람의 시　　　－ 정혜리

나의 시는 오늘에 이르러 세상에 대한 감사와 찬탄 그리고 인생에
대한 끝없는 긍정으로 바뀌었습니다. 그래서 다시 한 번 세상에 감
사하고 나의 시에 감사하고 나의 인생에 감사하는 마음입니다.

·

1부

·

꽃신

꽃을 신고 오시는 이
누구십니까?

아, 저만큼
봄님이시군요!

어렵게 어렵게 찾아 왔다가
잠시 있다 떠나가는 봄

짧기에 더욱 안타깝고
안쓰러운 사랑

사랑아 너도 갈 때는
꽃신 신고 가거라.

악수

뭉클, 심장이 만져진다

하필이면 잘려나간 것이
오른쪽 둘째손가락
첫째 손마디

기우뚱,
전 생애가 내게로 온다.

딸기와 파도

아침 식탁에서 아내가
딸기를 파도라고 잘못 발음했다

딸기와 파도는
얼마나 먼 거리일까?

파도가 딸기가 되기 위해
얼마나 멀리 왔으며

딸기는 또 파도가 되기 위해
얼마나 멀리 떠나가야만 할까?

딸기와 파도의 거리를 생각하면서
포크로 딸기를 찍어 입에 넣는다

입속에서 파도가 인다
딸기와 아내가 만들어주는 파도다.

우리들 마음

우리들 마음은

꽃송이 옆에 놓으면 피어나고
물소리 옆에 놓으면 흐르고
별빛 옆에 놓으면 반짝이는 마음

부디 도둑의 마음 옆에 두지 말고
더구나 미워하는 마음 옆에는
두지 말아라.

부자

돈이 많은 사람에게 물었다

왜 그렇게 돈이 많으세요?
난 돈이 별로 없어요
하나님이 돈이 많으시니까
빌려주시는 거예요

그가 정말로 부자였다.

새사람

그럼요
날마다 새날이고
봄마다 새봄이구요
사람마다 새사람

그중에서도 당신은
새봄에 새로 그리운
사람 중에서도 첫 번째
새사람입니다.

그 대

매화꽃 활짝 몸을 열고
혼자서 집을 지키는 한낮

전화벨 소리에 흩어지는
꽃잎, 꽃잎, 꽃잎들

벨 소리 그칠 때까지 매화나무는
꽃잎 떨구기를 멈추지 않았다.

4월

바람이 내어주는 길로
꽃잎이 놓아주는
징검다리를 건너

끝까지 이 세상
끝까지 가고 싶다

가서는 꽁꽁 숨어
살고 있는 너
한 사람 만나고 싶다

데려오고 싶다.

그래도 4월

여고 앞 골목길
일군의 여고생들
까마귀 까치 소리로
까르륵대며 몰려간다

무슨 좋은 일 있는 건지
귀를 기울이며
높은 가지 벗나무가
지다 만 꽃잎 두어 낱을
흩뿌려준다

누구의 눈물인가
멀리 가슴 아픈 일 생겼어도
산 사람은 이렇게 기쁘고
해는 여전히 떴다가 지기도 한다.

문득

많은 사람 아니다
더더욱 많은 이름 아니다
오직 한 사람,
한 사람의 이름이
나는 오늘 문득
그리운 것이다.

새해 아침

언제나 좋은 벗

당신의 향기가
나를 살립니다.

아틀리에

햇빛이 아깝다
긴 봄날

방안 깊숙이
혼자 찾아와
혼자 놀다가

주인을 만나지 못해
혼자 돌아가다니!

뎅그렁
처마 밑 풍경소리
적막은 더 아깝다.

좋은 날

골목길을 가는데
한 아이가 인사를 했다

내가 오래전
선생을 했다는 걸
어떻게 알았을까?

조금 더 가는데
또 한 아이가 인사를 했다

내가 지금도
시를 쓰는 사람이란 걸
어떻게 알았을까?

좋은 날이다.

미완의 이별 • 1

아무래도 미스터리다
손아귀에 소중히 쥐고 있던 달걀 한 개
무심히 땅바닥에 던져버린 꼴이다
가지런한 세상이 그만 뒤죽박죽이 되어버렸다

모든 형벌은 뒤에 남은 사람들의 차지
나이 많은 사람들보다는 나이 어린
사람들에게 더 무거운 형량이 떨어졌다
한 아이는 종신형을 받기도 했다

통곡이나 눈물로도 해결되지 않는 이별의 현장
라르고 라르고로 한사코 이어지는 음악
언제까지고 끝나지 않는 선율
김수환 추기경 말씀대로 정말로 '삶은 달걀'일까?
그 음악은 너무나도 무겁고 부담스럽다.

미완의 이별 • 2

너 가고 없는 날
더구나 울타리 가에 묵은 나뭇가지
뾰족뾰족 개나리 샛노란 꽃을 피워
사람을 기죽이는 날

나 혼자 시무룩이 방안에 갇혀
책이나 치울란다
우편으로 왔으나 쌓아놓기만 해
먼지 쌓인 책 봉투들 하나하나
뜯어내어 오래 묵은 마음들이나
만나볼란다

날씨까지 화창하여 마음 더욱 심란한 날.

미완의 이별 • 3

날마다 나의 과업은
너 보고 싶은 마음을 줄이는 일

날마다 내 삶의 목표는
살고 싶은 마음을 조금씩 내려놓는 일

그리기 위해서는 더욱
열심히 살고 부지런히 사랑해야 하겠지

날마다 나의 과업은
몸과 마음이 조금씩 가벼워지는 일

그리하여 새털처럼 가볍게
가볍게 지구를 떠나가는 일

바이 바이 인생, 원망을 남기지 않고
너 보고 싶은 마음도 남기지 않고.

자전거를 타고 가다가 • 1

자전거를 타고 가다가 겨울 아침 골목길
중풍 걸려 추운 날씨인데도
밖으로 나와 걷기 연습하는 늙은 남자를 본다
낡은 유모차에 의지하여 비척비척 가고 있는
늙은 여자를 또 본다

아, 이렇게 찬바람 마시며 자전거 타고 다니는 게
얼마나 다행스런 일인가!
오늘도 아침에 따슨 밥을 먹고 맑은 물 마신 게
얼마나 대단한 사건인가!
더구나 내 눈으로 하늘을 우러르고
구름을 바라볼 수 있는 건 얼마나 감사한 일인가!

지금도 병실에 갇혀 창밖을 바라보는
누군가가 있을 것이다
겪어보지 않은 사람들은 모른다
나는 105일 동안이나 물 한 모금 마시지 못하고
주사만으로 버텨본 일이 있는 사람이다.

자전거를 타고 가다가 • 2

자전거를 타고 가다가
잠시 멈춰 발아래 본다
봄 되어 어렵게 찾아온
반가운 손님들
민들레 냉이 제비꽃

자전거를 타고 가다가
잠시 멈춰 구름을 본다
어딘지 모를 먼 곳에서 와서
여전히 먼눈을 뜨고 있는
그리운 정다운 영혼의 이웃

아, 나는 오늘도 살아서
숨 쉬는 사람이었구나!
나는 오늘도 여전히 너를
멀리서 그리워하며
사랑하는 사람이었구나!

충분한 하루

하나님 오늘은 이것으로 충분했습니다

아침에 일어나 밝은 해를 다시 보게 하시고
세 끼 밥을 먹게 하시고
성한 다리로 길을 걷게 하셨을뿐더러
길을 걸으며 새소리를 듣게 하셨으니
얼마나 크신 축복인지요
더구나 아무하고도 말다툼 하지 않았고
다른 사람 신세 크게 지지 않고 살게 해주셨으니
이 얼마나 감사한 일인지요

이제 다시 빠르게 지나가는 저녁시간입니다
하나님 오늘은 이것으로 충분했습니다
내일도 하루 충분하게 살게 하여주십시오.

경배

해마다 봄이 오기도 전
고로쇠 물, 울릉도 고로쇠 물
보내주는 사람 하나 있어
고로쇠 물 마시며 멀리서
주춤거리는 봄을 느끼면서
고로쇠 물 보내준
고마운 마음한테 절하고
무엇보다 먼저
울릉도 고로쇠나무에게 절하고
한 번도 가보지 못한 청정의 땅 울릉도
울릉도의 햇빛과 바람과 비와
구름에게 절한다

송구한 마음으로 쿨렁
미리 찾아온 봄을
몸 안으로 모셔 들인다.

빛나는 순간

이른 아침 길거리
손수레 끌고 가던 할머니 한 분
가던 길 멈추고 서서
우유갑을 줍고
버려진 빈병도 주워 수레에 담는다

누군가의 쓰레기가
일용할 양식으로 바뀌는
빛나는 순간이다.

일상의 발견

다섯 살쯤 일곱 살쯤 되어 보이는
두 여자아이가 손잡고 가다가
나를 보며 살짝 웃어 보인다

아이들이 왜 웃는 걸까?
두리번거리다가 아이들처럼 나도
웃고 있다는 것을 알게 된다

그렇구나!
내가 먼저 아이들에게 웃어주었더니
아이들도 따라서 웃는 거였구나

보도블록 틈서리에 어렵사리
뿌리내려 꽃을 피운 민들레 몇 송이도
사람을 보며 웃어주었다.

범사

오늘도 세상엔 아무런 일도 일어나지 않았다
내게도 특별한 일이 일어나지 않았다
감사한 일이다

오늘도 나는 초록색 자전거를 타고
금학동 집에서 문화원까지 출근했다가 돌아왔다
감사한 일이다

저녁에 몸을 씻고 알전등 아래 기도를 드리고
잠을 청하려고 그런다
역시 감사한 일이다.

숲에 들다

날마다 바람이 와서 비밀한 이야기를 들려주고
새들도 비밀한 노래를 가르쳐주지만
나무는 아무에게도 비밀을 발설치 않고
가슴속 깊이 감추어둔다

해마다 나무의 나이테가 늘고
위로만 곧게 자라는 까닭이 그것이다
봄이면 새싹이 나고 꽃이 피어나고
여름이면 녹음 우거져
잎이 지고 가을에 열매가 익는
까닭이 바로 그것이다

비밀이 지켜지는 한 여전히
숲은 아름답다
바람도 아름답고 새들도 아름답고
사라지는 개울물소리며 사람들까지도
숲 속에서는 아름다울 수밖에 없겠다.

나무, 오래된 친구

나무라도 키가 큰 나무, 울울창창 자라 그늘이 짙고 밑둥이 아름으로 자란 나무. 그런 나무 아래 앉으면 나는 그만 꿈꾸는 사람이 되어 멀리멀리 떠나가 아직 모르는 낯선 나라를 헤매는 마음이 된다. 머언 바람 소리, 강물 소리, 산악을 스치는 우레 소리를 듣고 새소리, 물소리, 물속을 헤엄치는 물고기의 지느러미 소리를 느낀다.

나무보다 더 커다란 덕성을 지닌 목숨이 어디 있을까. 그 무엇에게도 손해를 끼치지 않고 오직 도움만을 자청하는 어진 생명. 새들을 깃들이게 하고 바람을 불러오고 때로는 구름의 보금자리를 마련해주는 이웃. 나무 사이로 보이는 하늘 또한 얼마나 아스라이 높고 밤하늘의 달빛이며 별빛은 또 얼마나 눈부신 것이었던가.

나 어려서 어려서 열여섯 살 공주사범학교 1학년 학생일 때. 학교 낡은 교사 뒤 쓸쓸한 실습지에 외따로 서 있던 두어 아름 크기의 나무. 처음 보는 나무라서 그 나무 이름 목백합이라는 걸 나중에야 알았지만 그 나무 아래 앉아 나는 얼마나 많은 것을 꿈꾸는 아이였던가. 얼마나 가슴 부푼 아이로 행복했던가.

한 번도 가보지 못한 유럽. 그 유럽의 한 나라에서 태어난 헤르만 헤세, 혹은 라이너 마리아 릴케란 이름의 시인을 그리워한 것도 그 나무 아래서였다. 아, 나무는 스스로 꿈꾸기 좋아하는 청년. 사람을 불러들여 더불어 꿈꾸게 하는 또 하나의 인격. 나무는 얼마나 의젓하고 정다운 우리의 도반이며 얼마나 그립고도 좋은 친구인가.

나 이제 나이 든 사람이지만 문득 자전거 타고 가다가 자전거 세워놓고 초록 물 질펀히 들어가는 나무 아래 쭈그려 앉아 소년 시절 미처 다 꾸지 못한 꿈을 꾸기로 한다. 나무여, 그대가 있어 나는 외로워도 외롭지 않았고 혼자라도 혼자가 아닌 사람이었다오. 그대로 하여 행복했다오, 진정. 고맙구려, 오래된 친구.

9월의 시

여름철에 우리는 모두가 싸우는 짐승들이었다
태양과 싸우고 바람과 싸우고 스스로와 싸우고
이웃들과 싸우는 성난 짐승들이었다

사람들뿐만 그런 게 아니다
풀이나 나무나 새들이나 곤충도 하늘이나 산맥이나 강물까
지도
서로 으르렁거렸고 다투며 불화를 일삼았다

이제금 하늘은 개이고 맑고 높고 바람은 시원하여 9월
9월은 자성의 계절
모든 생명 가진 것들은 몸을 돌려 제 발자국을 돌아다본다
9월은 치유의 계절
제가끔 자신의 상처를 들여다보며 미소 짓는다

할 수만 있다면 부드러운 영혼의 혓바닥을 내밀어 스스로의
쓰린 상처를 핥아줄 일이다
상처받은 서로를 안쓰러운 눈길로 바라보아줄 일이다

그러노라면 마음은 또다시 깊어지고
부드러워지고 아늑해질 것이다
강물은 아득한 눈빛을 회복하고 한사코
빛나는 몸짓으로 멀리멀리 떠나갈 것이다

새들도 천천히 하늘을 맴돈다
9월은 누구나 영혼의 낡은 둥지를 보살피고
다시금 새로운 둥지를 마련하고 싶은 마음이 들 때
당신의 9월은 어떠신가? 멀리 묻는다.

행복론

나는 야뇨증 환자

낮에는 오줌이 잘 나오지 않고 밤에만 오줌이 나온다

수차례 오줌을 누어야 하므로 아예 요강을 옆에 두고서 잔다

아침에 일어나 철렁한 요강을 소중히 안아다 비우고 닦으며

밤사이 그 많은 오줌을 받아준 요강에게 감사한다

내 오줌을 걸러준 4분의 1밖에 안 남은 콩팥에게 감사하고

콩팥 뒤에 숨어있는 췌장, 역시 4분의 1밖에 안 남은 췌장에

게도 감사하고

잘려나가 자죽만 남은 쓸개에게도 감사하고

한 귀퉁이 뭉텅 잘린 간장에게도 감사한다

뿐이랴! 음식물 받아 소화시키는 위장이며 그 찌꺼기를 받

아 내려

똥으로 만들어주는 작은창자 큰창자에게도 감사하고

날마다 수고를 아끼지 않는 항문과 입에게도 감사해야지

아, 감사할 것들이 너무나 많구나!

하기는 '행복론'의 저자 영국의 러셀 경은

나의 행복의 기초는 날마다 정해진 시간에 화장실에 가서

볼일을 제대로 본 것에 있다

그렇게 고백하기도 했다 하지 않는가

당신은 오늘 이렇게 충분히 행복한 사람이다.

·

2부

·

자서전

여행지에서의 부질없는 사랑
하루하루 뜬구름

대책 없는 두근거림과
막막한 그리움

술 취한 듯 한세상 비틀거리며 살아
어린아이처럼 울먹이면서 살아

후회는 없었다.

시집

나의 시집은 오직 한 권
꿈속에 두고 왔다

날마다 나의 시 쓰기는
그 시집을 기억해내는 일

한 편씩 어렵게
베끼는 작업이다.

C

어려서부터 먼 나라 유럽이 그리웠고
낯선 땅 사막이 궁금했다
자라서 유럽과 사막을 찾았을 때
정작 그곳에는 내가 그리워하고 궁금해했던
유럽과 사막은 이미 없었다
그렇다면 나의 유럽과 사막은 사라진 걸까?
아니다
여전히 훼손되지 않은 채
이쪽과 저쪽 허공 어딘가에 남아 있을 것이다
A도 B도 아닌 C
그것을 오늘 나는 꿈이라 부르고 사랑이라 부르고
희망이라 부르고 또 시라고 명령한다.

가을이 왔다

벼락 치듯 기적처럼
가을이 왔다

풀벌레 다시 울고
우리도 다시 울 때다.

밤길

잘 가라 손 흔들었을 때
들어 올린 손등 위로
섬뜩한 무엇인가 스쳤다

어둔 골목길에 희끗희끗
날리는 그것은 올해의 첫눈

잘 가라 손 흔들었을 때
마음도 멀리 따라가면서
많이 위태롭고 미끄러웠다.

늙은 시인

애벌레라도 그냥 애벌레가 아닌
몸에 주름이 많은 애벌레
더러는 슬픔 같은 얼룩을
오랫동안 끌어안고 스스로
부화하지 않는 애벌레.

오후

구름의 잔에
음악을 풀어 넣는다

비어 있는 인생이
문득 향기롭다.

노인

남자로 왔는데
남자를 모두 잃어버리고

여자로 왔지만
여자를 모두 벗어버리고

다만 두 손 모두고 앉아서
먼 곳을 바라보고 있다.

봄밤

쉬이 잠들지 못하겠네

꽃이 피어 바위에서도
향내가 날 것 같은 밤

누군가 날 생각하겠네

유리창 가 별빛 하나
오래 머뭇거리다 가는 거.

전화

아, 선생님
전화를 다 주셨군요
힘드신 목소리
가다가 자주 끊기는 말씀

전화 주셔서 감사합니다
전화기에다 대고 꾸벅
절하면서 바라본 창밖의 풍경이
눈부시도록 환해서
눈물이 났습니다

거짓말같이 다시 피어난
꽃들이 미치도록 예뻐서
다시 눈물이 났습니다.

심장

시인들은 심장이 아프다

사람에 대해서
세상에 대해서
너무나 사랑하고 너무나
슬퍼한 탓이다

슬퍼하고 사랑하되
너무나 많이 걱정하고
깊게 괴로워한 탓이다

시인들아 이제 심장을
좀 쉬게 해주자
심장한테도 휴가를 주자

너무 많이 써먹어서
남루가 다 된 시인들의 심장
심장은 이제 훈장이다.

아침잠

아, 새벽에
눈부신 수묵 빛 새벽에
오래 묵었어도 하나도
빛이 바래지 않은
젊은 우정을 생각한다

지상에 문득 지상에
형님, 형님 같은 시인 한 분
늘 부드럽고 나긋나긋 정겨운
눈빛이며 손길
젊은 날의 악수를 생각한다

나이 들어 이렇게
아침잠이 짧아짐도 그리
나쁘지는 않겠다.

베어지다

또 한 그루 나무가 베어졌다

우리 아파트 좁은 화단에
까치발로 섰던 가문비나무
함께 살며 20년 넘게
나의 친구였던 나무 한 그루가
오늘 아침 관리인의 톱날에
가뭇없이 넘어갔다

사람들은 모른다
그 나무 20년 동안 우리들을 지키며
우리의 정다운 이웃이 되어준 것을
사철을 두고 푸른빛으로
우리에게 사랑과 우정과 희망의 메시지를
끊임없이 주었던 것을

오늘 아침 우리 아파트 화단에서
가문비나무 한 그루 또 사라졌다
내 맘속에 들어와 살던
20년 나의 친구가 또 쓰러진 것이다.

담소

조금 늦게 찾아갔음을
굳이 후회하지 않아도 좋을 것 같다

혼자 오래 살았어도
나이 들지 않는 향기로운 고요와
어여쁜 고독이 살고 있는 집

쉬이 날이 저물고 어두워짐을
걱정하지 않아도 좋을 것 같다

구름 흘러 하늘에 몸을 풀고
강물 흘러 바다에 몸을 던지듯
있어도 좋고 없어도 좋은 이야기들
오래오래 기다리고 있는 집

'내 안의 아름다움을 알아주는 사람과
맨발로 숲을 걷고 싶다'
누군가 많이 외로운 사람 혼자 와서
적어놓고 간 글귀

외로움은 인간을 병들게 하지만 때로
영혼을 맑고 깨끗하게 만들어주기도 한다.

정선 길

문득 푸진 눈발이 앞을 막았다

왜 왔느냐 왜 왔느냐고
산에도 눈
들에도 눈
마을길에서도 눈
눈발은 따지듯 묻고 있었다

활짝 핀 매화 꽃송이 위에 내려
또 다른 꽃이 되는 눈
털갈이 짐승처럼 부르르 치를 떨면서
일어서는 산, 산

산 넘어서 산을 넘어서
가라고 이젠 가라고 눈이 되다 만
차가운 가랑비가 종일을
따라다니며 졸라대고 있었다.

족도리꽃

보고 싶은 마음 울컥
연락 없이 찾아갔더니

주인은 외출 중
대문은 잠겨 있고

바깥마당 화단에
집주인의 마음인 양

족도리꽃 두어 그루
피어 있었네

왕관초라고도
불리는 그 꽃

소낙비 맞고 더욱
예쁘게 피어 있었네.

마티재

그대 부디 울지 마시라
고개 고개 어느 날 올라 마티재
서느런 강물의 알몸
두 눈에 눈물 가득 앞을 막는다 해도

그대 부디 주저앉지 마시라
고개 고개 뒤돌아보아 마티재
끌고 온 날들이 모두 사라지고
작은 풀꽃 하나에도 마음이 흔들린다 해도

어쩌면 그대 거기서
우리네 삶이 울컥 치미는 그 무엇이고
날마다 스치는 바람 같은 것임을
조금쯤 짐작하게 될지도 모를 일이다.

모란꽃 지네

모란꽃 지네 퍼얼럭
한 장의 손수건 내려앉듯이
바람도 없는데 춤을 추면서

모란꽃 좋아 모란꽃
언제까지고 그렇게
피어있을 줄 알았더니만

잠시 한눈파는 사이
딴 생각 하는 사이
모란꽃 지네 퍼얼럭

사랑도 그렇게 떠나가리라
모란꽃 사라진 뜨락
빈 가지에 가득한 적막, 그리움이여.

평나리

— 김동현 시인이 보고 싶은 날

활짝 몸을 연
산 벗꽃나무 아래
까투리, 까투리 날고
장끼 목청껏 울음 우는 한낮

구름 낀 하늘
가랑비 봄비
오다가 멎고
그쳤다가 또 오시고

따뜻한 장판방
아랫목에 궁둥이
붙이고 앉아
일 없는 젊은 내외

민화투 치면서
마주 빙긋 웃기도 한다
까투리 장끼가 따로 없다

그 옛날, 옛날의
초가집 추녀 아래.

대정마을

추사 선생 살다가
떠나신 지 오래

검정 돌 곰보 돌
담장 아래

금잔옥대
때 이른 봄비 속

섬수선화만
웃으며 맞아주었네.

창벽에서 보다

고요하게 소리 없이 흐르는 금강 물
동쪽에서 서쪽으로 가지만
처음 보는 사람은 어느 쪽으로 가는지
짐작조차 못하는 금강 물
충청도 사람 심성을 닮아
속내를 보이지 않는 금강 물

그러나 큰물이 지면 흙탕물 가득
몸부림치며 흐르고
고요한 날에도 멈추는 일 없이
속으로만 흐느끼며 흐느끼며
동에서 서쪽으로 흐르는 금강 물
다시금 비단 필을 풀어놓는 금강 물

누군가의 일생 또한 그러하리라.

때로는 계룡산

서로 무엇을 어떻게 해서가 아니다
그냥 곁에만 있어도 좋은 사람처럼
곁에만 있어도 좋은 산

서로 무슨 말을 나누어서가 아니다
그냥 바라보고만 있어도 마음 편한 사람처럼
바라만 보아도 마음이 놓이는 산

굳이 무엇을 주고받아서가 아니다
그냥 생각만 해도 마음이 따뜻해지는 사람처럼
생각만 해도 마음이 가득해지는 산

아버지,
아버지,
때로는 계룡산.

금강산 가다

얼마나 보고 싶었던가
얼마나 오고 싶었던가
민족의 산 겨레의 산
금강산아 금강산아

아버지를 뵈온 듯
어머니를 다시 만난 듯
가슴이 울렁이고 두 볼이 붉어진다
두 눈에 두 줄기 눈물조차 흐른다

왜 이제 왔느냐고
왜 이리 늦었느냐
봉우리 봉우리마다 소리친다
골짜기마다 소리쳐 날 부른다.

신간 시집

사람이 죽으면 물건도 따라서 죽는다
외할머니 말씀이다
나누어 줄 물건 있으면 살았을 때
아낌없이 나누어 주어라
법정스님의 말씀이다
시인이 죽으면 팔리던 책도
덩달아 팔리지 않는다
어느 출판사 사장의 말이다

봄이 와 뾰족뾰족 싹이 트고
무더기 무더기 저희들끼리 모여서
꽃을 피우는 양지꽃 봄맞이 별꽃
지구 어딘가에서 숨 쉬고 있는
고운 시인들이 피워 올리는
또 하나의 신간 시집들.

쓸쓸한 봄

봄은 잔치

올해도 봄은 꽃으로 신록으로
잔칫상을 벌여놓고 사람들을 청하지만

성한 사람은 바빠서 가지 못하고
앓는 사람은 아파서 가지 못한다

혼자서 잔칫상을 차렸다가
두런두런 잔칫상을 거두는 봄

이래저래 안타까운 노릇이다.

술체꽃

봄빛 속에서도
나는 손이 시립다

밝은 대낮에도
가슴은 엷은 보랏빛

손잡아 다오
손을 좀 잡아 주세요

마주 잡는 그 손도
차갑기는 마찬가지

밤새워 울면서
꽃수라도 놓았나 보다.

술패랭이

해 저문 들길에
새 울음소리를 들었답니다

알 수 없는 처음 들어보는
새 울음이었답니다

당신 지금 어디 계십니까?
당신은 너무 멀리 계십니다

바람도 없는데 머리칼 조금 날리고
마음도 조금 아팠답니다

해 저문 들길에서 나는 지금
당신이 너무 많이 보고 싶습니다.

자목련

낙타 눈물에 어린
자줏빛 노을

그렁그렁 종소리라도
들릴 듯

아라베스크 문양
비단치맛자락

스치는 소리라도
들릴 듯

머나먼 향기는 또 그렇게
가까이에 있었다.

·

3부

·

귓속말 • 1

바람이 나무숲에 가 속살대고
강물에게 가 하는 귓속말

보고 싶었다 사랑한다

천년 전에도 너에게 했던 말이고
천년 후에도 너에게 주고 싶은 말이다.

귓속말 • 2

순간순간 어렵게 헤어지고
하루하루 힘들게 만난다

같이 가자 우리
멀리까지 같이 가자

울면서 말을 해도 너는 끝내
알아듣지 못한다.

태안 가는 길

오래 보고 싶겠다
오래 생각 서성이고
오래 목소리 떠오르고
오래 코끝에 향기 맴돌겠다
다시 만날 때까지
끝내 만나지 못할 때까지.

외면

얼굴이 많이 야위셨네요
며칠 사이

너의 얼굴 보지 못해 그러함을
너는 잠시 모른 척 눈을 감는다.

응답

그 애를 앞으로도 더욱
깨끗한 마음으로
사랑하게 해주십시오

기도하고 눈을 떴을 때
산마루에 높이 걸린 구름이
모양을 바꾸고 있었다

하나님이 나의 기도를
들어주신 것이다.

다시 제비꽃

너를 알고 난 다음부터
눈이 작은 여자가 좋았다
키 작은 여자도 좋았다
보기만 해도 가슴이 철렁했다

짧은 봄이 오래도록 떠나지 않았다.

꽃잎

철없음이여 당당함이여
함부로 여기저기 아무렇게나
흩어진 입술들이여

니들이 말하는 것은 무엇이든
사랑이 되고 노래가 되고
영원이 되지만

때로는 죽음, 깜깜한
적막이 되기도 한다
두려운 벼랑이 되기도 한다.

어린 사랑

어느 날
그 애에게 물었다

아직도 내가 너한테
필요한 사람이니?

말없이 그 애는
고개를 끄덕였다

두 눈 가득
눈물이 고여 있었다.

옛 접시

놓고 보자
너무 멀리도 말고
너무 가깝게도 말고

책상머리에
해밝은 유리창 밑에
어디 좀 두고 보자

나 여기 있어요
예 예 나 여기
있다니까요

나는 네가 곁에서
숨소리 들려주는 것만으로도
고마운 사람이란다.

언년

언년은 어린년의 준말
어린년이 쌍스러운 느낌이라면
언년은 귀엽고 좀 모자라지만 새롭고
미지의 냄새까지 번지는 말

어쨌든 언년, 어린년이란 말 속에는
새롭게 찾아오는 아득한 봄이 들어 있고
어린 시절 우리들 고향
골목길에 이름을 갖지 않고서도
당당하게 피어나던 풀꽃들이 들어 있다

이파리도 어린년이 예쁘고
물고기나 흰 구름, 잠자리까지도 어린년이 예쁘다
사람으로 예쁘기는 단연코 어린년
어린년, 언년, 고것! 귀여운 것!
언젠가는 우리의 딸이었고 우리의 애인이었던 것들아.

이슬

사랑한다고 말하고
사랑하느냐 물어도
말이 없었다

보고 싶었다고 말하고
보고 싶었느냐 물어도
대답이 없었다

자주 생각했다고 말하고
생각이 났었느냐 물어도
여전히 대답이 없었다

다만 이슬
맑고 푸르고 고요한 두 눈에
이슬을 머금었을 뿐이다

그렇게 그녀는 떠났다
떠나서 오래 소식이 없었다
그러나 생각은 떠나지 않았다

오늘 아침 새로 핀 꽃잎에
구슬로 맺혀 있는 이슬을 본다
그녀가 돌아와 울고 있었던 것이다.

화리에게

화리. 남쪽나라에 사는 한 고운 아가씨. 내게는 곱고도 예쁘기만 한 처녀아이.

화리. 모습도 이쁘지만 마음 씀씀이 잔정 깊고 간절하여 사람을 무척 감동시키는 여자 대학생.

잊지 않고 보내준 꽃 사진. 낡은 절집 앞에 화사하게 귀하게 피어난 홍매 한 그루 사진.

화리. 그 이름, 맑고 고운 처녀애 마음을 닮아 어여쁘고 화사하고 곱기도 하여라.

홍매도 분명코 지난겨울 힘겹게 추위와 목마름과 외로움을 견디며 살았으리라.

길게 길게 목을 뽑고 까치발 딛고 누군가를 애타게 기다리다가 기다리다가 그만 다급한 마음에 화들짝 꽃을 피우고 말았으리라.

조금만 더 기다릴 걸 그랬어요, 내가 너무 급했나봐요.

고운 목소리 자그맣게 속살대는 말을 듣고 낡은 절집 낡은 나무기둥이, 처마 밑 쇠붕어가 대꾸해주는 소리도 들려라.

괜찮아, 괜찮아. 지금이 바로 네가 꽃 필 때란다. 네가 꽃을 피워 얼마나 우리가 좋은지 모른단다.

네가 꽃 피는 바람에 영 가슴조차 진다홍 물이 드는 듯하단
다. 고맙구나, 애야.

오리 눈뜨다

까무러쳤던 사람이 문득
정신 차려 눈을 떴을 때
흐린 눈에 비친 하늘
하늘의 드넓음
나무에 앉았다 가는 바람
바람의 시원함
휘익 빗금으로 나르는 새
깃털의 가벼움
무엇보다도 망막 가득 채워지던 햇빛
햇빛의 눈부심
오늘은 바로 너!
바다 물결로 출렁대는
다만 부드럽고도 긴 생 머리칼.

꽃

웃어도 웃고 울어도 웃고 입을 다물어도 웃고 입을 벌려도
웃고 앉아서도 웃고 서서도 웃고 누워서도 웃기만 하는 너!
숨이 넘어가면서도 웃을 너! 아주 많은 너! 결국은 나!

가을도 저물 무렵

낙엽이 진다
네 등을 좀 빌려주렴
네 등에 기대어 잠시
울다 가고 싶다

날이 저문다
네 손을 좀 빌려주렴
네 손을 맞잡고 함께
지는 해를 바라보고 싶다

괜찮다 괜찮다
오늘은 이것으로 족했다
누군가의 음성을 듣는다.

수수꽃다리

그 마을에 가서
외진 그 마을에 가서
계집애 하나 만났네

못생기고 조그많고 키 작은 아이
새초롬 웃음이 수줍은 아이
안쓰러워라 안쓰러워라

연보랏빛 웃음 바람에 날릴 때
영영 돌아오지 않고
그 마을에 살고 싶었네.

후회

이담에 이담에 너는 나를 사랑하면서도 한 번도 사랑한다는 말을 하지 않은 것을 후회할 것이고, 나는 또 너무 여러 차례 사랑한다, 사랑한다, 너에게 맹세하고 다짐 둔 일들을 후회하게 될지도 모르겠다.

영산홍

네가 좀 더 보고 싶지 않아졌으면 좋겠다

바람에 부대끼다가
통째로 모가지 떨구고
모래밭에 뒹구는
붉은 꽃들의 허물

나도 너에게 좀 더 가벼운 사람이었으면 좋겠다.

매니큐어

네 예쁜 손가락을 위해 반지를 사고
네 귀여운 귀를 위하여 귀걸이를 산 것처럼
네 사랑스런 손톱과 발톱을 위해
나는 오늘 매니큐어를 사고 싶다

올해 유행하는 색깔은 깜장색
분홍이나 보라도 아니고 깜장색
에라 모르겠다
깜장색 매니큐어 한 개를 산다

깜장색 매니큐어에 갇힌 네
손톱과 발톱
암흑으로 반짝이는 네 열 개의
발톱과 손톱

너의 손톱과 발톱은 여전히
귀엽고 사랑스럽다
그만큼의 절망과 좌절과 감옥

이런 때는 까만색도
빛나는 색이 되고
희망과 기쁨의 색깔이 되기도 한다.

그냥 약속

10년 뒤에도 우리가
이렇게 정답게 만날 수 있을까?

10년 뒤에도 네가
오늘처럼 예뻐 보일 수 있을까?

10년 뒤에도 우리가
살아서 숨 쉬는 사람일 수 있을까?

나무 아래 바람 아래
하늘과 구름 아래 오직 땅 위에서.

믿어야 한다

새로, 새로 봄이 오면
들판에 풀들만 새로
새싹 돋는 게 아니고
사람 마음에도 새싹 돋는다

새싹 돋아 푸르고 꽃이 피고
어우러져 녹음이 되기도 한다
이것이 바로 희망
이것이 바로 사랑
그것을 믿어야 한다

오늘도 나는 넌 하늘
흐린 하늘을 보며
고운 사람 눈썹이 곱고
입술이 붉은 한 사람을
그리워한다.

입술

시월,

강물이 곧바로 보이는 유리창은 너무나 밝고
내 앞에 앉아있는 너는 너무 가깝다
분홍빛 잇몸 새하얀 이 맘껏 드러내놓은 채
웃고 있는 너는 너무 이쁘다

잘 익은 석류를 꿈꾼다
가슴이 콱 메어온다
떫은 감을 씹은 듯 가슴이 먹먹해져서
주먹으로 가슴을 치는 나를 보고 너는 또 웃는다

너의 입술은 활짝 피어 붉은 꽃
너의 입술 두 개만 남기고
나의 세상은 그만 눈을 감는다.

두고 온 사랑

두고 가세요
좋아했던 마음
그리워했던 마음
서러웠던 마음도 놓고 가세요

찾아가려 하지 마세요
꽃이 될 거예요
분꽃도 되고 봉숭아도 되고
수탉벼슬로 붉은 맨드라미도 될 거예요

새벽잠 깨어 혼자 하늘을 바라보는
누군가의 별빛도 되겠지요
사랑하는 마음 찾아가려 하지 마세요.

별

우리는 한 사람씩 우주공간을 흐르는 별입니다. 머언 하늘 길을 떠돌다 길을 잘못 들어 여기 이렇게 와 있는 별들입니다. 아닙니다. 우리는 오래전부터 서로 그리워하고 소망했기에 여기 이렇게 한자리에서 만나게 된 별들입니다.

그러니 당신과 나는 기적의 사람들이 아닐 수 없습니다. 하늘 길 가는 별들은 다만 반짝일 뿐 서러운 마음 외로운 마음을 가지지 않는 별들입니다. 그러나 우리는 순간순간 외로워하고 서러워할 줄 아는 별들입니다. 안타까워할 줄도 아는 별들입니다. 그러니 우리가 얼마나 사랑스런 사람들이겠습니까!

부디 편안한 마음으로 따뜻한 마음으로 잠시 그렇게 머물다 가시기 바랍니다. 오직 사랑스런 마음으로 기쁜 마음으로 내 앞에 잠시 그렇게 계시다 가시기 바랍니다. 굳이 재촉하지 않아도 이별의 시간은 빠르게 오고 우리는 그 명령을 따라야만 합니다. 그리하여 당신은 당신의 하늘 길을 떠나야 하고 나는 또 나의 하늘 길을 열어야 합니다.

우리가 앞으로 다시 만난다는 기약은 바랄 수도 없는 일입니다. 어쩌면 이것이 처음이자 마지막 만남일 수도 있겠습니다. 그리하여 우리는 앞으로도 오래 외롭고 서럽고 안타깝기까지 할 것입니다. 부디 당신 오늘 우리가 이 자리 이렇게 지극히 정답게 아름답게 만났던 일들을 잊지 마시기 바랍니다. 오늘 우리의 만남을 기억하신다면 앞으로도 많은 날 외롭고 서럽고 안타까운 순간에도 그 외로움과 서러움과 안타까움이 조금은 줄어들 것입니다.

나도 하늘 길 흐르다가 멀리 아주 멀리 반짝이는 별 하나 찾아낸다면 그것이 진정 당신의 별인 줄 알겠습니다. 나의 생각과 그리움이 머물러 그 별이 더욱 밝은 빛으로 반짝일 때 당신도 나를 알아보고 나를 향해 웃음 짓는 것이라 여기겠습니다. 앞으로도 우리 오래도록 반짝이면서 외로워하기도 하고 서러워하기도 합시다.

오늘 우리가 여기서 이렇게 헤어지고 난다면 어디서 또 다시 만난다 하겠습니까? 잡았던 손 뿌리치고 나면 언제 또 그 손을 잡을 날 있다 하겠습니까? 너무도 사랑스럽고 어여쁘신 당신. 오직 기적의 별인 당신. 많이 반짝이는 당신의 별을 데리고 이제는 당신의 길을 가십시오. 나도 나의 길을 가렵니다. 그대여 오늘은 여기서 안녕히! 나에게도 안녕히!

사막 무지개

노래가 끝났을 때
주루룩 눈물이 흘렀다

눈물을 보이기 싫어
고개를 돌렸을 때

하늘 위에 무지개
떠서 있었다

다시 만날 거예요 우리
무지개가 말해주었다.

4부

개밥별

맑은 겨울 초저녁 하늘에
누가 걸어놓았나?
밝은 등불 하나

외할머니 어머니
저녁밥 먹고
개밥 챙겨줄 때
바라보던 별

좋은 세상이다
잘 살아라
부탁의 말씀도 함께
걸어두셨다.

마음을 연다

있는 것도 없다고
당신이 말하면
없는 것이고

없는 것도 있다고
당신이 말하면
있는 것입니다

후회하지 않겠습니다.

난파 • 1
— 팽목항

바람 불면 보고 싶어요
햇빛 비치면 보고 싶어요
구름 보면 또 보고 싶어요
아, 이 수많은 보고 싶음들을
어찌하면 좋을까요…

눈물은 흘러서 시내가 되고
눈알은 썩어서 무덤이 됩니다
살아도 살아있음이 아니요
숨 쉬고 있어도 숨 쉬고 있음이 아니지요

꽃을 보면 더욱 보고 싶어요
빵을 보고 우유를 봐도 보고 싶어요
신록을 보면 또 눈물이 번지고요
아, 이 수많은 보고 싶음들을
어디다 죄다 버려야 할까요…

슬픔은 모여서 동산이 되고
마음은 상하여 원망이 됩니다
이 많은 슬픔과 원망들
바람이여 부디 데려가 주어요.

난파 • 2
— 아내

여보, 어디? 어디 있어?
가끔은 집에 있을 때 찾는다
컴퓨터 앞에 있다가 글을 쓰다가 낮잠 자다가
아내가 집안에 있는 줄 알면서도 찾는다
어디선가 여기! 하면서
아내가 대답하며 나온다

가끔은 나 컴퓨터 앞에 있을 때
혼자서 그림 그리거나 글씨 쓸 때
빼꼼히 문 열고 고개 디밀어
확인하고 간다
아내가 꼭 동무 떨어진 아이 같다

여보! 여보! 지금 어디 있어요?
지금 우리는 이승의 난바다 한가운데
난파한 배에서 방금 뛰어내린 사람들
여보! 여보! 거기 살아만 있어줘요.

개꿈

가끔은 자다 깨어 후유
가슴을 쓸어내린다

아, 내가 장가간 사람이었구나
나에게도 늙은 아내가 있었구나

그런 날 밤이면 번번이
노총각 신세로 늙어가는 꿈을 꾸면서
괴로워하곤 하던 밤이었다.

다섯의 세상

세 돌이 채 되지 못한
우리 손자 어진이가
알고 있는 숫자 가운데
가장 큰 숫자는 다섯
손가락 다섯 개의
바로 그 다섯

얼마나 맛있느냐 물으면
손가락 다섯 개를 활짝 펴 보이고
얼마나 추웠느냐 물어도
손가락 다섯 개를
활짝 펴 보이며 웃는다

손가락 다섯 개로 표현되는 세상이여
아름다운지고 거룩한지고
욕심 없는 그 나라의 셈법이여.

어떤 이별

이별엔 작정 없다 예고 없다
미리부터 간다 간다 말한 적 없고
어쩌지 어쩌지 겁먹을 일도 아니다

이별은 누구에게나 문득, 갑자기, 툭,
기별 없이 찾아오는 것
잘 드는 칼로 씀벅
두부나 무 자르듯 하는 것

하물며 다시는 더 안 보기로 한
부모 자식 사이
젊은 엄마와 어린 아이의 헤어짐이랴!

어진이와 민들레

어진이 어진이 우리 어진이
민들레 꽃밭에 논다
민들레 꽃 되어 논다

민들레 엄마민들레
꺾어서 후후 입으로 불며
홀씨야 멀리 가거라

어진이 어진이 우리 어진이
민들레 꽃밭에 또 하나
민들레 꽃 되어서 논다.

뒷지

신문지를 보거나
종이를 함부로 쓸 때마다
외할머니 생각이 난다

왜정 때 느이 외할아버지 면사무소 댕길 때는 종이도 흔하
게 썼는디 인제는 뒷지로 쓸 종이도 읎어야 태주야 종이 좀
가져다다오

나는 지금도
한 번 쓴 종이를 뒤집어서
다시 쓰는 버릇이 있다.

식구

식구란 말 좋다
아버지 젊어서
남들 앞에서 어머니를 소개하던 말

안식구란 말 더 좋다
아버지 예전에
어른들 앞에서 어머니를 부르던 말

그대로 풀면 밥 먹는 입이란 뜻인데
어머니는 밥 먹는 입 가운데서 으뜸이며
우리 집의 주인이라는 말씀

같은 지붕 아래 살며 함께
밥을 먹는 사람이면 누구나
가족이 되었던 시절 그리운 이야기다.

콩콩

우리 며느리 수정이
서른 세 해 동안 세상에 왔다 간
자취는 오직 하나 우리 손자 어진이

일요일마다 토요일마다
우리 집 아파트에 찾아와
콩콩 방바닥 뛰면서 논다

더러는 아파트 아랫집에서
시끄럽다 짜증을 내고 그러지만
기죽지 않고 여전히 잘도 자란다.

새해의 소원

어진이 어진이
엄마 잃고 아빠하고만 사는
우리 집 손자 아이

엄마 있는 아이들 부러워
저한테도 새엄마가 생겼으면 좋겠다고
말하는 아이

제가 가장 좋아하는 자장면도
새엄마 생기면 나누어 먹겠다고
말하는 아이

어느 날 저의 할머니 보고 느닷없이
엄마, 엄마!
불렀다 그러네요

하나님 소원입니다
새해에는 우리 어진이한테
엄마를 좀 보내주세요

그 아이 새엄마하고 자장면
나누어 먹는 거 보는 게
새해의 소원입니다.

하늘의 선물

어진이 어진이 하늘의 선물

아침에 일어나 산책길 함께 가면서
새소리 들으면서도 새들이
이야기한다고 말하고
새들을 보러가는 것도 새들을
만나러 가겠다고 말하는 아이
시계풀꽃 하나 따 주니 함미에게
선물로 가져다주겠다고 말하는 아이
아마도 어제 제 할머니가
시계풀꽃 따서 손목에 풀꽃시계 만들어
채워주었던 모양이다.

활^짝

진달래~ 꽃 활^짝 피었습니다
개나리~ 꽃 활^짝 피었습니다
민들레~ 꽃 활^짝 피었습니다

끝없이 이어지는 꽃들의 행렬
어진이 노래 속에 꽃들이 피어서
웃고 있는 봄의 물결

어진아 어진아
노래 좀 다시 불러줄래?
부끄러워서 못해요
노래 멈춘 어진이가 또
꽃이었다 봄이었다.

엄마의 예절

모처럼 자식이 집에 찾아오면
번번이 자식에게 줄 것이
마땅치 않아 허둥대는 엄마

배고프겠다 어서 이거라도 먹어라
엄마에게 자식은 늘 객지를 떠도는
배고픈 들짐승이거나 길 잃은 날짐승

왜 편안히 앉아서 웃으며
이야기하는 게 먼저가 아니고
음식이 먼저냐고 자식들 투덜대도
엄마는 할 말이 별로 없다

어려서부터 자신의 몸에서
젖을 내어 먹였고
키우면서도 음식을 마련해
자식을 먹인 엄마

엄마에게는 음식이 먼저 사랑이다
그 어떤 이야기나 웃는 얼굴보다도
음식이 먼저 이야기다
그것이 엄마의 예절이다.

삐딱한 집

집이었다 아버지
눈비 바람에도 끄떡없고
세월에도 가뭇없는 튼튼한
아버지는 한 채의 집이었다

내내 그런 줄로만 믿고 있었다
그런데 아니었다
언제부턴가 조금씩 흔들리기 시작하더니
올 추석에는 한쪽으로
삐딱하게 기울어 보였다

어떡하나? 아버지라는 이름의
무너져가는 저 집 한 채!

아버지

방구석에 세워 놓은
장롱짝같이 우뚝한
있을 땐 모르다가도
사라지면 문득 그리워지는

때로는 무덤으로 찾아가
무릎 꿇고 물으면
마음속 들리지 않는 말로
대답해 주는 음성

아버지는 처음부터
그런 사람이었다.

독배

　아빠는 왜 그렇게 포기하지 못하고 그러는 거예요? 혼자만 고집부리고 그러는 거예요? 의사들이 다들 안 된다 그러고, 자료를 봐도 아빠는 살 수 없는 사람이 확실한데 왜 아빠 혼자만 그렇게 포기하지 못하고 끝까지 매달리고 울고불고 그러는 거예요? 그렇다면 날더러 그냥 죽으란 말이냐! 그런 건 아니구요, 아빠가 하도 포기하지 못하고 매달리고 그러니까 애달파서 하는 말이에요. 아니, 어떤 딸이 그렇게 애비한테 매정하게 말할 수 있단 말이냐! 아빠, 생각해보세요. 엄마 뱃속에서 나오자마자 죽은 아이도 있고 젊은 시절 교통사고로 죽은 사람도 있어요. 그걸 좀 생각해보고 마음을 편하게 가지시라고 드리는 말씀이에요. 이렇게 말을 하고 저렇게 말을 바꾸어도 그것은 죽으라는 말밖에 다른 말이 아니지 않느냐! 어떤 딸이 이렇게 애비 가슴에 화살을 쏘고 애비 마음에 독을 뿌린단 말이냐! 그것은 멀쩡한 배신이요 독배였다. 세상에서 가장 사랑하는 딸아이한테서 받은 독배였다. 병실 침대에 누워 멍하니 앉아서 오래오래 딸아이의 말들을 곱씹어보았다. 아무리 생각해보고 마음을 굴려보아도 그것은 섭섭한 노릇이고 딱한 노릇이었다. 그러나 끝내는 그 섭섭함이 나를 살렸다. 딸아이의 독과 화살이 나를 살렸다. 그래, 하나밖에 없는 딸아이마저 저러는 판에 내가 뭘 주저하고 망설일 게 있단 말이냐. 무작정 살아보는 거다! 내가 살고 싶은 대로 내가 사는 거다! 정말로 내가 이대로 거꾸러질 수는 없지 않느냐! 그 오기와 괘씸함과 억울함이 병상에서 나를 조금씩 일으켰다. 아, 그것은 하나의 극약처방. 때로 약보다 독이 더 좋은 약이 될 수도 있다는 것을 알게 된 것은 바로 그때부터의 일이다.

어버이날

고마워요
그냥 엄마가 내 엄마인 것이
고마워요

고맙구나
그냥 네가 내 아들인 것이
고맙구나.

잠시

바닷물 밖으로 던져진 한 마리 새우처럼
팔다리 오그려 영어 글자의 C자로
잠들어 있을 때 나도 모르게 다가와
이불을 가져다 덮어주는 한 사람 있다면
인생은 잠시 덜 억울해도 좋으리

번번이 젊은 날 책을 읽다 잠이 들면
고달픈 이마를 짚어 맑고 따스한 손으로
어루만져주는 램프의 불빛인 양
보이지 않는 마음의 불빛으로
생각해주는 한 사람 있다면
인생은 잠시 행복한 것이라고
오해하거나 착각해도 좋으리.

맑은 날

오늘 날이 맑아서
네가 올 줄 알았다
어려서 외갓집에 찾아가면
외할머니 오두막집 문 열고
나오시면서 하시던 말씀

오늘은 멀리서 찾아온
젊고도 어여쁜 너에게
되풀이 그 말을 들려준다
오늘 날이 맑아서
네가 올 줄 알았다.

흥분

아, 방금 창밖에서 꾀꼬리가 울었어요
올해 들어 첨 들어보는 꾀꼬리 울음소리예요
마음이 금방 반들반들해지고 황금색으로 바뀌네요
흥분하지 않을 수 없어요
감격이에요 살아있음의 축복이지요
꾀꼬리님 올해도 만나게 되어 반가워요.

석탄일

부처님 생일날
배고픈 중생들 많다
원효사 식당이
모처럼 버글버글

믿는 사람이나
믿지 않는 사람이나
다 같이 와서
비빔밥 한 그릇씩
얻어먹고 간다
떡도 먹고 간다

부처님 감사합니다.

민들레 홀씨처럼

나 이제 나이 들어 막가파식으로 살고
남발하면서 산다
풀꽃 시화 그려 달라면 이 사람 저 사람 그려 주고
사인해 달라면 사람 가리지 않고 해 준다
학생들이 사인해 달라면 이름 적어 가지고 와
집에서 사인해서 우편으로 부쳐 주기도 한다
강연해 달라면 거리 불문 대상 불문 좋다 하고
강연료도 크게 따지지 않는다
사람들이 나 보자고 하지 않는가
더구나 어린 학생들이 오라 하지 않는가
나 이제 나이 들어 세상을 남발하면서 살고
막가파식으로 살고 싶다
나 없는 세상에 그것들이라도 남아 서로 수군거리며
내 얘기 많이 하기를 바라는 마음에서다
민들레 홀씨처럼 어딘가에 뿌리내려
저들끼리 예쁘게 피어나기를 바라는 마음에서다.

4대

89세 된 아버지와
70세 된 아들과
38세 된 아들의 아들과
다섯 살 먹은 아들의 아들의 아들이
모처럼 만나 점심을 먹었다

다섯 살 먹은 아들이
쫑알쫑알 말을 하자
89세 된 아버지가 말을 했다
그 녀석 제 핼애비 때처럼
말을 잘 하는구나

89세 된 아버지도
아들을 보고 있었고
아들도 아들을 보고 있었고
아들의 아들도 아들을 보고 있었다
그곳은 금강 하굿둑
어느 음식점이었다.

봄꿈

꿈속에서도 두 살 터울
사촌누나 만나서 신나게 뛰어놀고
젊고 이쁜 고모 치맛자락
다리 가드락 휘어잡고
매달리며 응석부렸던가

저희 집에 돌아가 잠을 자다가
앙 — 소리쳐 울며
잠에서 깨어났다는 어진이
어미 없는 우리 다섯 살짜리 손자아이

인생이 허무한 것이고 이별 그 자체이고
한바탕 봄꿈이라는 걸
너무 일찍 알아버린 어린 영혼아
문득 목이 메인다.

무서운 봄
— 팽목항 세월호 참사를 슬퍼함

봄의 길목에서
또 일이 터졌다
뒷짐 지고 있는 사이
또 당하고 말았다

어이없는 일
억장 무너지는 일
이게 다 우리가 그동안
잘못 산 탓이다

생떼 같은 자식들
바다에 묻고 그 부모
어찌 산단 말인가
어찌 일생 견딘단 말인가

밥을 먹으면서도
씀벅 눈물이 나고
물을 마시면서도
울컥 울음이 솟는다

아이들아 아이들아
우리가 잘못했다
어른이 죄인이니 절대로
그대들 용서치 말라

참회는 남은 자들의 몫
통곡은 남은 자들의 일
우리가 어찌 이리도
어리석은 백성이었더냐

봄은 언제나
공짜로 거저 오지 않는다
웃는 얼굴 뒤에
칼날을 숨기고 오는 봄

꽃이 피는 거 무섭고
나뭇잎 푸른 거 겁이 난다
붉은 꽃잎에 눈물이 흐르고
푸른 신록에 울음이 솟는 봄.

축혼시

하늘의 별 바닷가 모래
그같이 많은 사람 가운데
오직 한 사람의 남자와 여자이니
이것은 기적입니다

험한 세상 부질없는 인생
오롯이 등불 밝혀
이마 마주 댈 둥지가 생겼으니
더없는 축복입니다

부디 잊지 마시구려
오늘의 설레는 마음
오늘 다짐했던 빛나는 말씀들
이날로서 그대들 부부입니다

남자가 지아비 되고
여자가 지어미 된다는 것
그리 쉽지 않은 일이지요
서로가 서로의 어버이 된다는 말이랍니다

무엇보다도 깊이 사랑하십시오
뜨겁게 말고 은근하게 오래오래
살다 보면 사랑보다 믿음과 열정이
더욱 소중하다는 걸 알게 될 것입니다

그리하여 이 모습 이대로
중년에 이르고 노년에도 이르러
스스로 보기에 그럴듯하고
신에게 더욱 보기 좋은 모습 이루십시오.

함부로 주지 말아라

자기를 함부로 주지 말아라
아무것에게나 함부로 맡기지 말아라
술한테 주고 잡담한테 주고 놀이한테
너무 많은 자기를 주지 않았나 돌아다 보아라

가장 나쁜 것은 슬픔한테 절망한테
자기를 맡기는 일이고
더욱 좋지 않은 것은 남을 미워하는 마음에
자기를 던져버리는 일이다
그야말로 그것은 끝장이다

그런 마음들을 거두어들여
기쁨에게 주고 아름다움에게 주고
무엇보다도 사랑하는 마음에게 주라
대번에 세상이 달라질 것이다
세상은 젊어지다 못해 어려질 것이고
싱싱해질 것이고 반짝이기 시작할 것이다

자기를 함부로 아무것에나 주지 말아라
부디 무가치하고 무익한 것들에게
자기를 맡기지 말아라
그것은 눈 감은 일이고 악덕이며
인생한테 죄짓는 일이다

가장 아깝고 소중한 것은 자기 자신이다
그러므로 보다 많은 시간을 자기 자신한테
주는데 주저하지 말아야 할 일이다
그것이 날마다 가장 중요한
삶의 명제요 실천 강령이다.

인생을 묻는 소년에게

인생에서 중요한 것은
속도보다는 방향이다
방향이 잘못되고 속도만 빠를 때
그것은 오직 실패로 가는 빠른 길이다

일단 방향을 제대로 정하고
천천히 뚜벅뚜벅 소걸음으로 걸어서
나아갈 일이다
마음속에 굳은 신념을 지니고
천천히 천천히 앞으로 나아갈 일이다

그러다 보면 언젠가는
그대가 원하는 그대의 모습이
그대가 가는 길 앞에 나타나
웃는 얼굴로 그대를 맞아줄 것이다
그야말로 그것은 시간문제다

그런데 사람들은 흔히
방향을 잘못 정하고
속도를 빠르게 하거나
방향을 제대로 잡고서도
가는 길이 못 미더워 지레
그 방향을 바꾸려 한다

소년이여 인생에서
속도보다는 방향이다
제대로 된 방향을 믿고
천천히 천천히 네 앞길을 열라
안개 자욱한 들판이
조금씩 밝아옴을 그대는 볼 것이다.

시는 어떤 글인가
—생존, 발견, 영성

　가끔 시는 어떤 글인가 생각할 때가 있다. 다른 사람에게보다 나에게 시가 어떤 글이었나? 책을 덮고서 문득 생각할 때가 있다. 이미 나는 어떤 글에선가 '산문은 백 사람에게 한 번씩 읽히는 문장이지만 시는 한 사람에게 백 번씩 읽히는 문장이다.' 라는 말을 적은 일이 있다. 여기에 이어서 생각해 본다. 도대체 시가 어떤 글이기에 이토록 나는 오랫동안 시에 매달리며 살아가는가?

　지난 나의 삶 속에서 시가 없었다면 나는 지금 어찌 되었을까? 어떤 사람으로 살고 있을까? 더러 시를 쓰면서 돈이나 명예나 사회적 참여와 같은 현실적 효용을 목적으로 생각하는 사람이 있을 수 있겠다. 이것은 타인을 의식한 타인과 더불어 생각하는 시이다.

　그러나 나의 경우는 지극히 개인적인 필요에 따라 시를 찾았고 지금도 그러한 시와 더불어 살고 있다. 처음부터 나는 나 자신을 위해서 시를 썼다. 쓰지 않으면 안 될 것 같아서 숨이 막힐 것 같아서 시를 썼다. 말하자면 살아남기 위한 방책으로 시를 선택한 것이다. 그래서 나는 지금 말한다. 시는 나에게 있어 삶 그 자체이고 생존 그 자체라고.

다음으로 생각할 수 있는 것은 시에 있어서의 발견의 문제이다. 시는 발견인가? 아니면 발명인가? 발명은 세상에 없는 것을 처음 만들어 내는 것이고 발견은 이미 있는 것을 처음 찾아내는 것임을 우리는 안다. 시가 시인에 의해 완전히 창작되는 것이라면 발명 쪽이 맞는 말이다. 그러나 여기서도 나의 생각은 조금 유보된다.

일찍이 이 세상 모든 것 가운데 완전히 새로운 것은 없다. 이미 있던 것들을 배우고 조금씩 익혀 내 것으로 만들고 나의 특성으로 삼는 것이다. 신을 염두에 둘 때 그것은 더욱더 그렇다. 과연 인간이 신 앞에서 스스로 완전하게 할 수 있는 것이 무엇이던가. 지금껏 시를 쓰면서 생각해 볼 때 나의 시는 어디까지나 발견 수준이었다. 아예 가장 좋다는 작품들이 그랬다.

신은 이미 오래전부터 아름다운 것들을 이 세상 은밀한 곳에 꽁꽁 숨겨 놓고 인간들이 찾아내기를 바라신다. 그것들을 하나하나 찾아 인간의 것으로 해 온 것이 인류의 역사였고 문명이었다. 이것은 시에 있어서도 마찬가지. 시인은 이미 존재하는 것들 가운데 아름다운 것, 감동적인 것들을 찾아내어 언어로 옷을 입혀 표현하는 사람이다. 그래서 나는 또 말한다. 시는 나에게 있어 보물찾기요 신과의 숨기 장난이고 또 발견이라고.

최근 시를 두고 가장 많이 생각하는 것은 시에 있어서의 영성의 문제이다. 인간에게는 육신이 있고 마음이 있다. 육신도 육신이지만 마음을 주로 드러내는 것이 시의 양식이다. 그래서 시를 감성의 글이라 말하고 이성이나 사실의 글과 구분 짓기도 한다. 일단은 감성의 글 맞다. 그런데 여기에 더하여 생각해 볼 것은 영성이요 영혼의 문제이다.

인간에게 영혼이 있다는 가장 좋은 증거는 언어이다. 인간에게 언어가 있다는 것은 아무리 생각해 보아도 인간에게 영혼이 있기 때문이다. 영혼의 증거가 언어요 영혼의 실상이 또 언어란 이야기다. 이러한 언어로 표현하는 가장 정제된 예술 양식이 또한 시이다. 그야말로 시는 언어로 만들어진 영혼의 보석 같은 것이다. 그러기에 시공간을 넘어 감동의 물결을 이어 가는 것이다.

참으로 시는 영혼의 황금덩이 같은 것이다. 주시는 대로 그 황금덩이를 겸허한 손으로 받들어야 한다. 영혼 그 자체요 황금덩이이기 때문에 상처 내지 말아야 하고 지나치게 분석하지 말아야 한다. 요즘 시인들은 지나치게 신경질적이고 선병질적인 것이 문제이다. 시가 감성과 이성도 아니고 그 모든

것들을 넘어서는 그 무엇, 영혼 그 자체의 소식이라는 것을
모르는 것이 문제다.

요즘 시들을 보면 영혼의 황금덩이를 지나치게 얇게 펼치는
데에 문제가 있다. 마치 그것은 금박 공예 작품과 같아 지나
치게 반짝이고 지나치게 아름답다. 이러한 경계를 앞세워 나
는 또 말한다. 시는 영성에서 나오는 영혼의 표현이라고.

위기지학으로서의 시

위기지학爲己之學이란 말은 최근에야 알게 된 말이다. 이 말은 '자기 자신을 위한 공부'란 뜻이다. 맞서는 말은 위인지학爲人之學인데 '타인을 위한 학문' 또는 '남에게 보이기 위한 공부'란 뜻이다. 이 말들은 주로 성리학에서 사용되는 용어인데 두 말 모두 매우 중요한 개념이며 학문으로서나 현실로서 영향력이 있는 말이다. 다만 일반적으로 흔히 사용되지 않는 용어라는 점에서 낯설 뿐이다.

왜 내가 새삼스레 이런 말에 주목하게 되었을까? 실은 이것은 누구한테 배우거나 들어서 안 것이 아니고 교직에서 정년 퇴임을 하고 나이를 먹으면서 생각이 시시콜콜하게 많아지다 보니 예각적으로 모아져서 얻게 된 생각이다. 나중에 아는 분과 이야기 나누다가 위기지학과 위인지학에 대한 내용을 알게 되었다.

한평생을 돌아볼 때 나도 누군가에게 보이기 위해서 공부했고 누군가와 경쟁하기 위해서 공부한 사람이다. 말하자면 살아가면서 세상에서 써먹기 위해 공부했다는 말이다. 좋은 성

적을 받기 위해서, 상급학교에 진학하기 위해서, 취직하고 승진하기 위해서, 더 나아가 돈을 벌기 위해서 머리를 싸매고 공부하고 또 공부를 했던 것이다.

생각해 보면 이것은 참 허무한 일이다. 그래서 남은 것이 무어란 말인가? 모든 삶의 지름길들이 공부로 연결되었고 거기서 뒤처지면 낙오자가 되었고 끝내 인생의 나락에 빠지는 일이었다. 문제는 부수적으로 생기는 경쟁심이요 스트레스요, 시기심, 불만, 울분, 절망 같은 마이너 감정들이다. 기껏 성취했다고 하지만 그것은 자만과 자아도취에 지나지 않는 서푼짜리 종이호랑이 가면 같은 자화상일 뿐이다.

이런 경쟁 과정에서 가려지는 것이 바로 본성이라고 한다. 인간은 본래 선한 마음, 측은지심을 지니고 태어났지만 이러한 경쟁 과정에서 좋은 마음들이 가려지고 나쁜 마음들만이 가득한 인간으로 변하게 된다는 이야기다. 그래서 본래의 자기를 찾는 공부가 중요하다는 것이다. 그것이 바로 위기지학이요 성인의 길에 이르는 성학聖學이라는 것이다.

이런 거창한 담론은 조금쯤 밀쳐 두고 나 자신 생각해 볼 때 나는 그동안 너무나 남한테 보이기 위한 공부위인지학에만 치중했다는 생각을 하게 된다. 현실적으로 써먹기 위한 공부만 해왔다는 자괴심과 반성이 없지 않다. 그런데 여기서 잠깐! 내가 평생 써 온 시는 어떤가? 나는 시인으로서 철저히 시골 시인이었고 처음부터 개인 정서 중심의 시인이었다. 나 자신 좋아하는 여성에게 좋아하는 감정을 표현하기 위해서 시를 썼다고 고백하는 사람이니까 말이다.

그렇다. 여기에 나의 인생 출구가 열린다. 열아홉 살 이래 교직에 몸담아 동당거리며 숨 가쁘게 살아온 나이지만 그와 동시에 시를 써 온 일은 매우 잘한 일이란 생각이 든다. 그것도 집단 정서에 한 번도 기웃대지 않고 개인 정서에 철저하면서 조금은 고리타분한 전통 서정시를 고집한 일은 더더욱 잘한 일로 여겨진다.

정년퇴임하면서 결심한 일이 있다. 이제 나는 절대로 남을 위해서 살지 않고 나 자신을 위해서 살겠다는 결심이 그것이다. 남을 위해서 먹기 싫은 술도 먹지 않겠고 가기 싫은 모임에도 가지 않을 것이며 만나기 싫은 사람은 단호히 만나지 않을 것이다. 이제부터는 나 좋은 대로만 살 것이다.

이 얼마나 좋은 일인가. 이제는 구름을 보고 싶으면 구름을 보고 바람을 만나고 싶으면 바람을 만나며 살리라. 또 음악을 듣고 싶으면 또 그렇게 할 일이다. 책을 읽더라도 이제부터는 써먹지 않기 위해서 읽을 것이다. 나 자신만을 위한 책 읽기. 누구의 눈치도 살피지 않는 공부. 좋은 책은 읽고서도 다시 읽을 것이고 읽기 싫은 책은 어떤 책도 읽지 않을 것이다. 아, 이 얼마나 좋은 결단인가! 기쁨으로 하는 책 읽기와 공부가 거기에 있었다.

글을 쓰더라도 책으로 내거나 잡지에 발표하거나 더군다나 평론가들한테 칭찬받기 위해서는 쓰지 않으리라. 독자들에게 인기를 얻기 위해서, 문학상을 타기 위해서는 더더욱 쓰지 말아야지. 실상 시라는 것은 자기 자신을 위한 표현 양식이다. 처음부터 그러했고 나중까지도 마땅히 그래야 했다. 그런데 나부터 그것을 잘못 알고 잘못 운용해 온 것이 실수다.

이제 나이 먹어서라도 알았으니 다행한 일이 아닌가. 나는 여기에 한마디를 보태고자 한다. 시는 위기지학이고 본래의 나 자신을 찾아가는 머나먼 여행길이며 나 좋아서 쓰는 예쁘고도 사랑스런 문장일 뿐이다.

어딘가를 찾아가는 사람의 시

터덜터덜 광화문 길을 지나다 무심코 올려다본 교보문고 건물. 건물 현판에서 "자세히 보아야 예쁘다. 오래 보아야 사랑스럽다. 너도 그렇다."라고 말해 주는 시구를 보고 문득 큰 위안을 받는다. 그해 봄, 이런 경험을 한 사람들이 적지 않을 것이다. 나도 그렇다.

출판사 푸른길의 편집자로 일하면서, 짧은 기간 동안 나는 감사하게도 나태주 시인의 책을 여러 권 맡아 볼 수 있었다. 나태주 시인은 예전부터 각기 다른 콘셉트로 세 가지의 시선집을 낼 계획을 가지고 있었다고 한다. 첫째가 짧은 시들을 모은 사진 시집, 둘째가 사랑했던 여인에 관한 사랑 시집, 셋째가 아내를 위한 시집이다. 책에 대한 열의가 대단한 나태주 시인은 몇 해에 걸쳐 그 계획을 푸른길에서 모두 이루었고, 열정은 다음 프로젝트로 이어졌다. 그 첫 번째는 예쁜 그림과 함께하는 시화집이었고, 두 번째는 신작 시들을 모은 신작 시집을 내는 것이었다. 그 신작 시집이 바로 『자전거를 타고 가다가』이다.

지난 5월, 근로자의 날을 맞이하여 푸른길 식구들은 사무실을 벗어나 소풍을 떠났다. 목적지는 충청남도 공주. 그날은 나태주 시인과 윤문영 화백이 함께한 시화집 『선물』이 출간된 직후였다. 현재 공주문화원장으로 일하는 나태주 시인은 새로 나온 책도 직접 받아 볼 겸, 공주 안내도 할 겸 하여 우리의 여정에 기꺼이 동참해 주시기로 했다. 옛 백제의 왕인 무령왕의 벽돌무덤으로 유명한 무령왕릉 앞에서 우리를 기다리고 있던 나 시인을 만났다. 그의 도움을 받아 공주의 유적지들을 답사한 후 다 함께 점심식사를 했다. 그때 나태주 시인은 본인은 흥분을 잘하는 사람이라고 말하며 우리를 기다리는 시간이 매우 흥분되었다고 했다. 흥분된 마음에 펜을 들었다며, 항상 지니고 다니는 작은 수첩을 꺼내 즉흥시 하나를 읊어 주셨던 기억이 난다. 그 후 『자전거를 타고 가다가』를 작업하게 되었는데, 원고의 시들 중 이전에 출간된 시집 『울지 마라 아내여』에 실린 시 서너 편을 발견했다. 기왕에 신작 시집이니 세상에 한 번 나온 작품보다는 아예 새로운 것으로만 싣는 것이 좋겠다는 나의 제안에 나 시인은 새로운 시 몇 편을 다시 보내 주었다. 그중에 바로 그「흥분」이라는 시가 있었다. 시를 보고 이토록 반가운 적이 있었을까. 이 책에 실린 시「흥분」은 그렇게 탄생되었다.
　나태주 시인은 평생을 자동차 없이 살았다. 본인 스스로 살면서 한 일 가운데 잘한 일이라 여기는 일 중 하나가 바로 이 것이라고 한다. 자동차가 없는 것이 다소 불편할 때도 있었지 만, 그는 그것이 자신을 여전히 길을 걷는 사람으로 살게 해 주었다고 생각한다. 덕분에 나 시인은 나이가 들어서도 여전 히 자연과 교감하는 사람으로 남을 수 있었다. 이런 나 시인 에게는 자전거가 주된 통행 수단이다. 자전거를 타고 가면서 만나는 하늘과 바람과 구름, 풀꽃들은 자동차를 타고 가는 사 람의 그것과는 판이하게 다르다. 이쪽이 아날로그이기 때문 에 저쪽도 아날로그로 접근해 온다. 작은 목소리로 자근자근 말을 걸어온다. 자전거를 타고 가다가 보고 듣고 느끼게 되는 모든 것들이 나 시인의 마음속에서는 시가 된다. 그는 자전거 를 타고 항상 어디론가 부지런히 가고 있다. 그의 오랜 동행 자이며 전 재산이며 유일한 교통수단으로서의 자전거. 이런 모든 것이 감격이며 축복이라고 노래하는 시인의 목소리에서 세상에 대한 감사와 찬탄, 그리고 인생에 대한 끝없는 긍정을 느낄 수 있다.

이제 나태주의 시는 정말로 '나태주의자懶怠主義者'의 시가 되 어도 좋을 듯싶다. 그러나 천성이 부지런한 나 시인이 게으름 뱅이처럼 시를 천천히 쓸 것 같지는 않다. 여기서도 '빨리빨 리 천천히'의 나태주식 인생관은 충분히 적용된다고 본다. 쓰 는 일은 부지런히 하되 시의 내용은 느슨하게, 여유 있게 하고 느리게 한다는 것. 나태주 시인에게 그것은 모순이면서 진실이며 현실이며 또 스스로 바라는 자화상이 아닐까.

편집실에서, 정혜리

*이 글은 『출판저널』(2014.8) '이달의 책 – 편집자 출간기'에 게재된 글입니다.